U0062148

朝夕翱翔

——關朝翔醫生的藝術人生

工作中

我與嬌妻

手刻印章

老漢今年九十八

半聾不啞眼不瞎

朝九晚六忙醫病

身旁巧妻自管家

關朝翔醫生

2018 年 3 月 6 日之夜

我出生在河北省南部的一個農村，出身家庭是小地主和糧食、棉花商人。現在還記得在九歲時曾經算過命，說我的出路在東南方，越東南越好。是用黃雀叼卦的方式算的。大家都知道黃雀叼卦吧，就是有個老頭養着一隻黃雀在鳥籠裏，有人求他算卦，他就把黃雀放出來從一堆紙牌中叼出一張牌，老頭給黃雀吃一粒米，小黃雀就乖乖地走回籠裏，老頭把紙牌打開，口中唸唸有詞，說明牌中的卦文。

我的正式生日是九一八，九十八年前的陰曆九月十八。對我一生破壞性最強的都是後來的七七，即盧溝橋事變的七七，破壞了我們整個家庭，全家逃難，離開了故鄉的一切。

我自己的一輩子說來話長，其實可以包括為四個字，即是九死一生，如今回想起來真是九死一生。一般人的六年中學，在戰亂中，我在不同的城市讀過七間中學。大學，我進過三間，是北京輔仁、重慶北碚江蘇醫學院和香港大學。當年非常幸運地進了港大醫學院作生理學和生物化學的助教、更非常幸運的進了港大醫學院再作學生直到畢業。

到這時候才又想到當年九歲時黃雀叼卦：我的最東南的地方原來是香港。

目錄

關醫生的藝術人生

舒非

關醫生是本港名醫，行醫七十餘載，治癒過無數疑難雜症，這一點大家都知曉。我覺得關醫生看病跟畫畫的心態是一樣的。他看病特別仔細認真和用心，不像一般醫生，流水作業，應付了事，他可以看到別人看不到的症狀，診斷精準，他又喜歡用外國最新研發的藥物，因此，他在業內享有極高聲譽，是病患者的救星。

關醫生喜歡畫油畫、金石刻印、攝影，喜歡古典音樂，喜歡聽歌劇、看芭蕾、看電影，這其實跟他精湛的醫術是一脈相通的。上面所說的藝術領域都是關醫生的業餘興趣，他無師自通，專注用心，不斷琢磨，於是能夠在藝術的海洋中暢泳，自得其樂。

跟許多朋友一樣，我也先是關醫生的病人，後來熟悉了，逐漸成為朋友，最近這十多年，更是來往頻密，經常在一起吃飯、看電影，有這樣一位德高望重、品味高雅、亦師亦友的長輩，常常令我很感恩，也很自豪。

關醫生今年九十有八，每天依然準時到診所應診，應該是目前本港年歲最大的應診醫生；他經常出入戲院、藝術表演中心，也應該是年齡最大的觀眾之一。接觸多了，我也會琢磨，為何關醫生有如此超強的生命力？

首先是他熱愛生命。關醫生極愛生命中任何美好的事物。很多人都知道關醫生愛美，從來都是穿戴得宜、衣着漂亮，晚年當然跟貼身照顧他的關太 Eva 很有關係，Eva 真是功不可沒。他很留意身邊一切美麗的事物，見到美麗的人、物、景，都令他心動，以前他自己拍攝，現在他會叫 Eva 幫他拍攝下來。

其次是他內心情感極為豐富。假如沒有如此充沛的感情，像大海一般豁達的心境，關醫生如何可能如此熱愛藝術，又如何能夠在上述藝術領域取得這麼多的成就？

第三是關醫生意志堅強、毅力非凡。九十八歲的關醫生雖然走路有困難，但他堅持不坐輪椅。年前做了一次大手術，但憑着堅強無比的意志，他康復得特別好。

以此拙文為關醫生祝壽，願關醫生壽比南山，福如東海。

2018 年 8 月 23 日

我的關伯伯

劉天蘭

不管他是徒手，拿着聽筒或針筒，總之我小時候頭暈身㷫見完他就很快回復生猛，「有病就去睇關伯伯」是劉家當年的傳統，我的關伯伯，乃行醫近六十年，現仍每天上班看病的九十歲香港名醫關朝翔醫生。

國字口面臉色紅潤，髮絲花白氣質非凡，神情威嚴仁慈兼而有之，他的長相氣派令人聯想起關公，原來他真的是關雲長的後人。關公的聲音未聽過，能一聲喝斷長板橋的，音量可想而知，而我的關伯伯的聲線永遠是輕輕的，斯斯文文的，國語英語雙聲道解釋病情，淡淡定定的使聽的人也淡定下來。

關伯伯是先父先母的好友，當年先父劉芃如飛機失事過世，留下先母和我們兄妹三人，我才四歲，關伯伯贈醫施藥多年，我們一家感激不盡，後來兄妹三人長大成人要付費，關伯伯不肯收，最後只肯收藥錢。受惠於關伯伯的慷慨絕不止劉家，關伯伯就是如此的一位仁醫，一定有許多人跟我們一樣對關伯伯感激非常。

前兩天關伯伯九十大壽誌慶，他家鄉的親戚來了，住美加英國的兒女和孫女都回來了，從前不同年代的護士助理也來了，更多的老朋友及後輩都來祝賀，足證關伯伯之受人尊敬和愛戴。

那是個洋溢着親情、友情和溫馨的晚上，人生難得。

關伯伯是我最喜愛的世伯。

2010 年 10 月

筆下繽紛

（油畫篇）

Nina 抱玩偶

Nina 和她的貓

妮妮戲金魚

妮妮思考未來

妮妮於 1962 年的小學畢業像

妮妮畫油畫

妮妮與百合花

Eva 之畫像草稿

40 歲自畫像——戒煙之前

50 歲自畫像

自畫像

鐵筆油畫

妙齡少女

少女像

貴婦在思考

少女與向日葵

綠色少女

九龍海邊

負重

千里家書

抽象畫

木馬與木馬

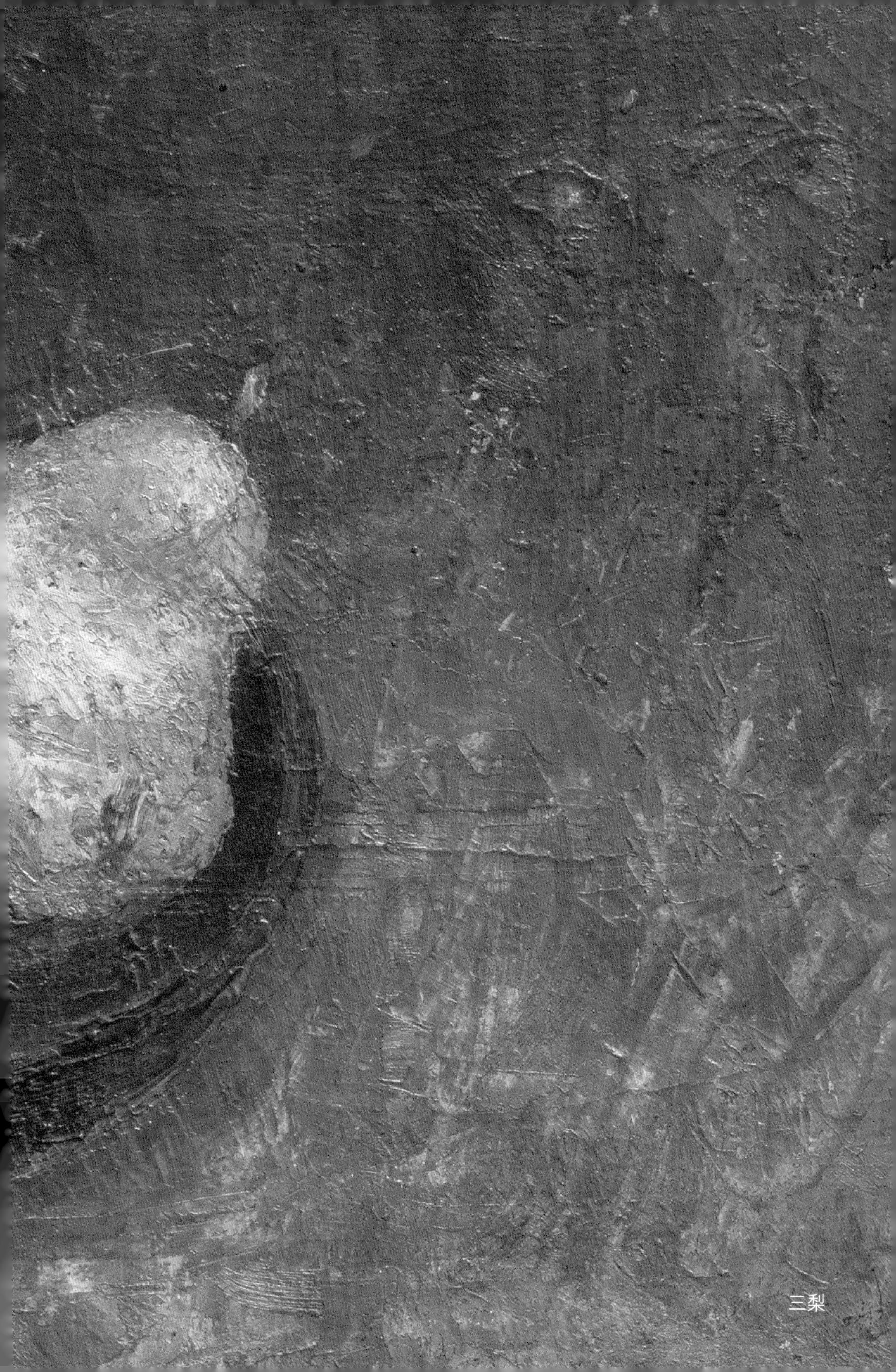

三梨

酒與蘋果

荷花

盆栽

燈下玫瑰（一）

燈下玫瑰（二）

窗前玫瑰

黃玫瑰

九龍海邊風景（一）

九龍海邊風景（二）

1950 年從香港大學北望九龍平原

繪於 85 歲的最後一幅畫——Nina 的後院

樹木有情

（木刻篇）

妮妮

彈琴少女

天仙

洗衣板後之少女

浮光掠影

（速寫篇）

少女（一）

少女（二）

少女（三）

少女與兔子

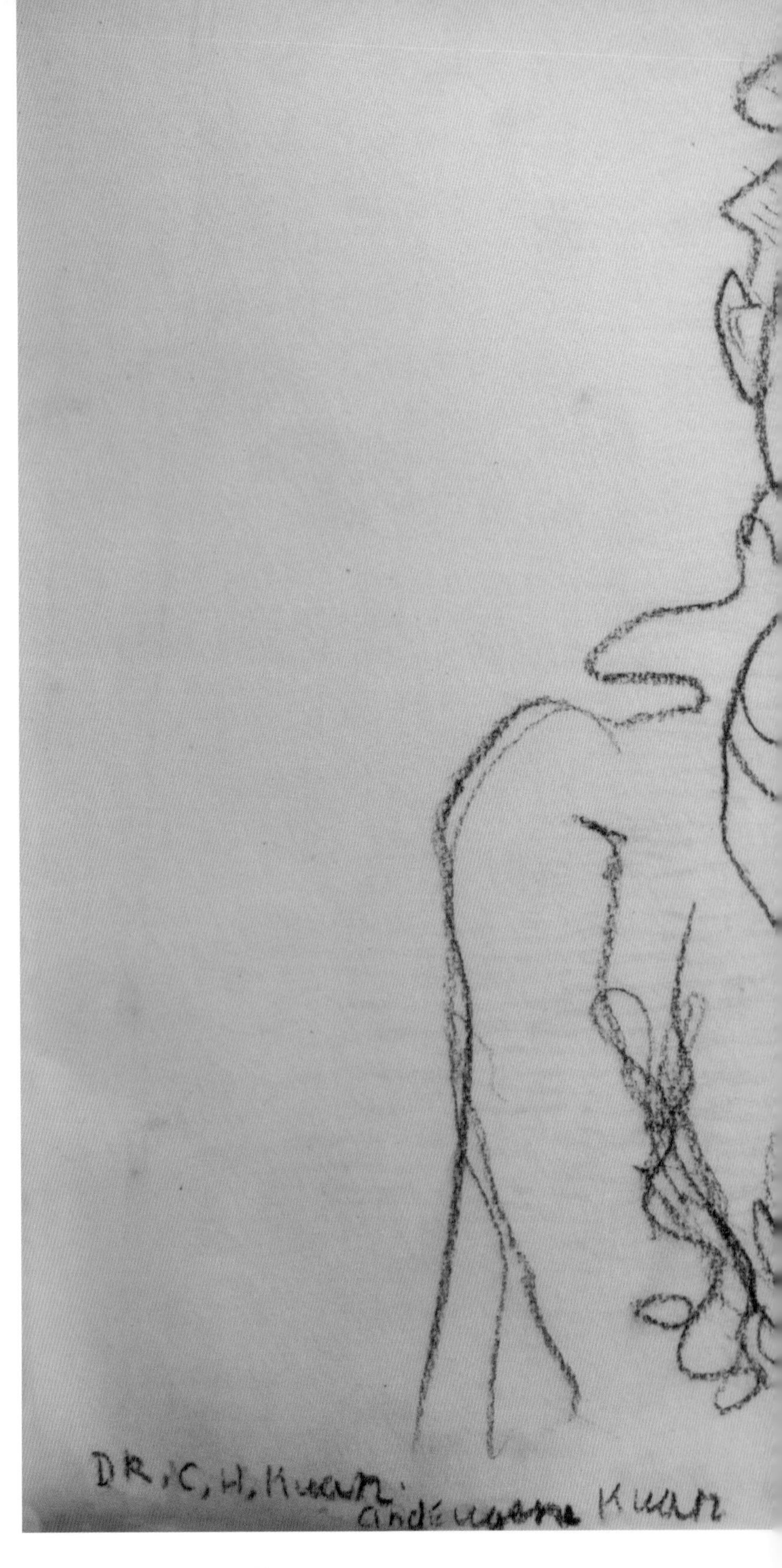
DR, C, H, Kuan
and Kuan

練琴（一）

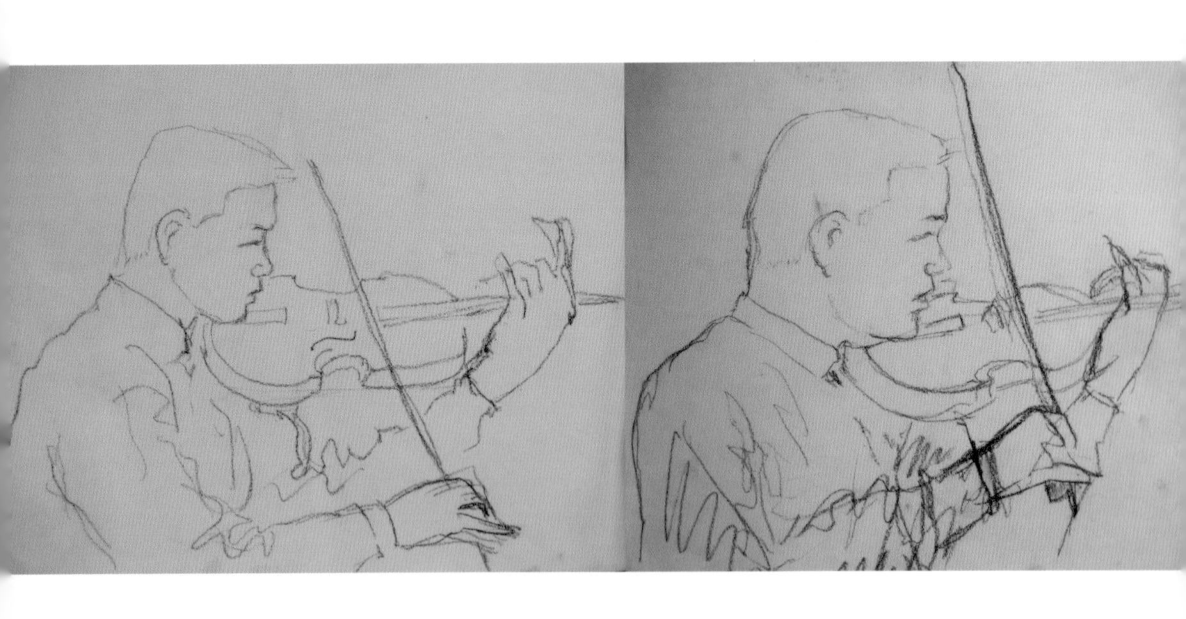

練琴（二）

情見真章

（篆刻篇）

利美度

孫小琳

郭燕霖

醫海老鬼

林稚

林菱富洋

粉嶺白癡

馮葉

傅應淞

陳衍翹

劉天蘭

劉天梅

林瑞賢

楊莉君

羅愛儀

劉天鈞

吳影音

蔣芸

楊超發

池元基

陳淑儀

關新華

鄧堯天

關志勳

鄭誠清

謝宏琛

曾家龍

關遲

蔡祖忠

張薇

陳松齡

蘇狄嘉

馬麗珍

黃智明

董橋

詠璇

望聞問切

劉新風

黃龍秀

李汶健

朱曉捷

鍾泰榮

關尤金

陳培炎

許一鳴

李深和

蘇棉煥

楊紫芝

溫偉雄

戴天

馬興嫻

石琪

梁漢輝

馬智勉

佘兆蔭

鄧權恩

黃子珍

吳羊璧

酈思燕

夜長夢多

手術如建橋

處方似用兵

與病戰鬥

其樂無窮

壽康

順天命

盡人事

捫心無愧

如涼星

生老病死

人間事

陳任

新華

劉佩儀

林慶捷

吳康民

劉智仁

陳世傑

郭黛嬋

談耀洋

郭樂為

林柏忠

鄧小宇

陳綺涓

陳綺馨

周澤賢

陳莉

梁羽生

陳儉雯

梁蔓芝

林諾希

陳尚浩

羅琅

夏立戰

薛興國

祈步良

茹迅

李默

陳卿麗

小思

陶傑

吳壯志

黃子程

陸離

金朝虹

陳立勳

丁望

葉國威

林苑鶯

區潔鈴

梁任生

舒非

顏純鈎

孫軍

羅長宮

徐昭儀

周蜜蜜

岑逸飛

瑪婷

胡逸雲

孫述憲

藍真

鍾玲

馬智財

羅孚

金庸

黃永玉

姚保鎰

楊一龍

夏宜

馬焯康

陳文岩

侯勵存

周德珠

萬師進

羅保祿

和貴

因逸

明帆

馬亮

幼葵

梁天偉

馬佳倫

海聞

葉明恩

天高地廣

百花齊放

關朝翔

毛匡斑

醫者藝也

慎求眼明手快

嚴戒拖泥帶水

劉恩慰

莫欺天地

鄒文懷

古仁傑

郭文驃

黃貴權

慕懿

張大惠

程義

非詩之詩

球場紀恨

天高氣爽好個秋
整裝扮靚來打球
風和日麗志氣大
今朝決心拔頭籌

時間已到三缺一
吾心如焚她不急
姍姍來遲發嬌嗔
開車超速差老欺

桿長力大球高飛
越飛越遠入草堆
尋尋覓覓找不到
你說倒霉不倒霉

球低急滾水塘邊
倖無落水也心酸
怕水且換舊球打
衰球偏向水裏鑽

六桿上來到草坪
球在洞邊三尺東
瞄準球路巧力撞
球停洞口罵無能

人生直是一場球
初生虎子不知愁
五癆七傷硬頂上
只准前瞻莫回頭

鯉魚

鯉魚鯉魚跳龍門
跳過龍門大開懷
今朝演講車大砲
明夕獻花又剪綵
四面八方通消息
一字萬金妥安排
悶坐家中等電話
花馬錦裘自動來

嚴教少爺ＡＢＣ
口花花中練口才
做人要坐議員位
不為政經為發財
穩坐漁船釣大魚
無本生利多痛快
千萬防避桃難劫
不妨自宮免禍災

母語

俺是河北小老鄉
儂係阿拉上海幫
他是四川格老子
七嘴八舌雞鴨講
香港教學用母語
乜嘢至係 Mother tongue

講書全用廣東話
書中盡是你我他
官腔要講 A B C
明目張膽反 China
上下左右兜兜亂
這個世界矇查查

神曲

高高在上一座神
金光閃閃冇腦筋
新官上任三把火
舉棋不定慌了心

財大氣粗亂花錢
阮囊羞澀冇得玩
萬事皆因大喜功
不想完蛋也完蛋

假洋鬼子來搭救
獻上鹿鞭虎骨酒
飲盡金木水火土
病入膏肓難持久

議員樂

這班議員真可愛
六個七個好醜怪
三個兩個亂笑罵
一個瞓覺騎牆派

大亨頌

吞雲吐霧咬雪茄
車牌八八八八八
波多溝飲冰可樂
家居麼——糊塗一塌

詠歌星

唱歌只聞唧唧聲
扭着屁股搖乳峰
今春紅透香港地
明秋紫遍滬津京
莫道人家不藝術
紅夠十年更加紅

獻詩共勉

不信神鬼不怕妖
遇事不安莫亂套
騎驢摀馬尋常事
粗中有細走着瞧

醫心記

老漢去年六十八
不聾不啞又不瞎
只因心中陣陣痛
急症室中把號掛
聽説此處醫生好
不必花錢人人誇
一等等了大半天
再等等到肚餓啦
突聽姑娘招喚我
急見醫生矇查查
三言兩語推出來
再叫旁邊等着吧
給我一紙化驗單
叫我去作心檢查
拿單走去化驗室
又見人滿無辦法
有人取單寫上字
説聲半年再來吧
我説心痛難忍受
她説不如早回家
回家路上走不動
忽然頭暈眼又花
答答滴滴答答滴
滴滴答答滴滴答
閻王小鬼別怪我
請您送我回去吧

我這一輩子

一天到晚看病
三更半夜寫稿
八十年來風雷急
天南地北到處跑

死裏逃生七次
幸運之神九到
黑古隆冬疑無路
睜眼忽見天亮了

出身大富之家
中年窮愁潦倒
莫名其妙順水流
回首大驚吃不消

國民黨八路軍
九一八盧溝橋
三反五反左右左
一九九八不敢笑

2002 年雙十之夜

關朝翔醫生著作書目

肺痨之問題

人體寄生蟲

奇難誤症病案（明窗）

奇難雜症（明窗）

實用醫話（三聯）

常見病與奇難症——家庭醫生扎記（和平圖書）

男人病、女人病、精神病（天地圖書）

你有病嗎？——都市病案例（天地圖書）

你有病嗎？（2）——婦科及關節病例（天地圖書）

奇妙的人體（翻譯，刊於《讀者文摘》）

家庭健康指南（翻譯，刊於《讀者文摘》）

書　　名　朝夕翱翔——關朝翔醫生的藝術人生
作　　者　關朝翔
責任編輯　陳幹持
美術編輯　郭志民
出　　版　天地圖書有限公司
香港皇后大道東109-115號
智群商業中心15字樓（總寫字樓）
電話：2528 3671　傳真：2865 2609
香港灣仔莊士敦道30號地庫／1樓（門市部）
電話：2865 0708　傳真：2861 1541
印　　刷　亨泰印刷有限公司
柴灣利眾街德景工業大廈10字樓
電話：2896 3687　傳真：2558 1902
發　　行　香港聯合書刊物流有限公司
香港新界大埔汀麗路36號中華商務印刷大廈3字樓
電話：2150 2100　傳真：2407 3062
出版日期　2018年10月／初版

ISBN ： 978-988-8547-11-1